君に
いい風
吹きますように

支え、支えられ──難病を超えて

鈴木信夫 詩集

神奈川新聞社

目次

本文イラスト　鈴木信夫

1%の確率

6

1%の確率

99%ありえないことでもあきらめてはいけない
1%、たとえ1%でも可能性があるなら
人には1%をかなえる力がある―「想い」という名の力が
心の底から強く強く想い続けたなら
1%を99%、いや100%にすることさえ可能だ
あきらめた瞬間、1%は0%になる
すべては消え去ってゆく、氷がとけてゆくように
挑み続けるのだ、そこに道は拓かれてゆく

7

生きている実感

今、生きていることをどう感じていますか
今、生きている実感、ありますか
生きている実感って、生きているんだと心から感じることです
生きている実感って、生きている意味をつかみとることです
生きている実感って、大切なもののために生きることです
生きている実感って、生きていてよかったと思えることです
生きている実感って、生きていることに感謝できたとき感じるものです
生きている実感って、人から認められたとき感じるものです

生きている実感って、自分のことを好きになると感じます
自分のことを好きになると、人のことが好きになります
人のことを好きになると、まわりのことが好きになります
そして、しあわせになれるのです
しあわせをかみしめたとき、生きていることを実感するのです

10

白鯨

鯨のなかでも、めったに見られない白い鯨
海に映えるその白い美しい体
それゆえに仲間の鯨からはじかれ、
それゆえにシャチにおそわれ、傷つきながらも
厳しい自然、環境のなかを生き抜いているのだ
まるで自分を見ているような気がする
私は、大きな課題を持って生まれてきた
それゆえに挫折にあい、

11

それゆえに絶望的な状況に追いこまれることもある
その厳しい現実を生き抜いていくのだ
そのなかで輝きたい、　あの白鯨のように

12

泣いてばかりいられない

朝　目覚めては悲しみが押しよせる　僕は泣く
「今日も生きなければならないのか」
涙がとまらない　あふれて流れ落ちていく
夜　静けさがまた悲しみを誘う　僕はまた泣く
「明日は生きられるのだろうか」
涙がとまらない　あふれて流れ落ちていく
悲しみなんて　涙とともに流してしまおう

涙が枯れてしまうまで　泣けばいい
悲しみなんて　心の隅に片づけてしまおう
心から忘れ去るように　追いやればいい
そうしたら　泣いてばかりいられない

14

生命《いのち》

私は、この生命が与えられた意味を胸に刻みます
生命って、そこに存在するだけで美しいですね
生命という言葉って、一人一人の命を生かすという意味なのですね

私は、この生命が与えられた意味を胸に刻みます
生命って、そこに存在するだけでいとおしいですね
生命という言葉って、一人一人の命は生かされているという意味なのですね

15

私は、この生命が与えられた意味を胸に刻みます
生命って、そこに存在するだけでうれしいですね
生命という言葉って、一人一人の命は永遠であるという意味なのですね

16

星空

夏の夜、空を見上げてみたら、街の灯があかるすぎて星がよく見えませんでした
あかるいことはいいことのように思うけれど、
あかるすぎると、 星は見えなくなってしまいます
夏の夜、空を見上げてみたら、街の空気がかすんでいて星がよく見えませんでした
かすんでいて見えなくても、
かすんだ空気の向こうには、 星はまたたいています
人の心もそうです
外ばかり気にしていると、 内面が見えなくなります

心が涙でかすんでいても、
涙の向こうには、美しい、純粋な心が輝いているのです

霜柱

あなたは、霜柱っていいます
あなたって、不思議です
冬が近づいてくると思います
そこには、いなかったはずなのに
土の中から出てきます
冬が来ること、知らせます

あなたは、霜柱っていいます

あなたって、力持ちです
すがたをみせると思います
つめたく、おもたい土を持ちあげて
ここにいるよ、と出てきます
冬が来たこと、知らせます

あなたは、霜柱っていいます
あなたって、がんばりやさん
あなたをみるたび思います
どこかのだれかさんに踏まれても
朝には、よいしょ、と出てきます

20

あなたは冬が好きですよね

21

22

迷子

ここで生きてる　いいことなんてなくても
時には　躓くこともある　時には　つぶされることだってある
がんばって生きてみたって　もがいてみたって無駄なことだってある
今　この時さえみえない迷路に迷いこんでいても
ここで生きてる　生きていく
ここに生きつづける　生きつづけていく
人は　誰もがみんな　迷子になる時がある

ここで生きよう　いいことだってくるはず
いつかは　雨もすぎていく　いつかは　空も晴れてわたってくる
がんばって夢見ていれば　あきらめないで夢見ていればこの手がとどく
今　この途《みち》を　未来を切り拓いていくために
ここで生きよう　生きていこう
ここに生きつづけよう　生きつづけていこう

いつか誰でもみんな　幸せつかめる時がくる

Against

人生は、グライダーに乗るようなもの
いくら高い所からでもあっても
高いだけではうまく飛び立つことはできない
適度な風が必要になってくる
追い風の方が楽に飛べそうな気がするけれど
向かい風が吹くことで、はじめて空へと浮かびあがることができる
人生も同じで、ただ生まれついた所が良いだけでは
決して乗りこえていけないことがたくさんある

いつも追い風が背中を押してくれるとはかぎらない
それにいつも楽な道を通ってきただけでは、高い所へはいけない
向かい風があってこそ人とは違う生き方ができる
一段高い所に上がることができる
そうでなければ、この世界に生まれてきた意味がなくなってしまう
だから僕は、向かい風の中を歩いていく

26

夏の光のように

夏の光がすべてをきらめかせるように
人生を輝かせていたい
夏の光がすべてを熱くするように
人生を熱く熱く生きたい
どちらにしても限りあるこの世の時間《とき》
いずれはかなく散っていくこの世の生命《いのち》
それなら、ただ自分のために使うだけで終わらせたくない
僕が生きることが誰かの支えになるような

僕が生きることが世の中の小さな愛になるような
そんな生き方にしていきたい
僕が生きることが子供たちの夢になるような
僕が生きることが悩む人々の力になるような
そんなことをしていきたい
ふりそそぐ夏の光のように

28

Breath The Air

自分が見えなくなったら、Breath The Air
思い切り息を吸ってみる
そうすれば、不思議と見えはじめることがある
たとえば、どんな世界で生きていても、見えてくる

相手が見えなくなったら、Breath The Air
思い切り息を吸ってみる
そうすれば、不思議と見えはじめることがある

たとえば、どんな言葉を話していても、見えてくる

愛が見えなくなったら、Breath The Air
思い切り息を吸ってみる
そうすれば、不思議と見えはじめることがある
たとえば、どれほどの違いがあったとしても、見えてくる

心が見えなくなったら、Breath The Air
思い切り息を吸ってみる
そうすれば、不思議と見えはじめることがある
いつか、みんな同じ人間だということが見えてくる

30

あるきつづけて

わたしは、あるきつづけていた
自分の価値を見つけたくて
自分の存在を確かめたくて

わたしは、あるきつづけていた
時に、悲しみの雨にうたれながら
時に、よろこびの風にふかれながら

わたしは、あるきつづけていた
自分の居場所をさがしてみたくて
自分の力をためしてみたくて

わたしは、あるきつづけていた
自分を愛してみたくて
自分を許してみたくて

わたしは、あるきつづけていく
本当の自分をもとめて
わたしが「わたし」であるために

わたしは、あるきつづけていく

きみが、静かに眠れるように

きみが、静かに眠れるように

きみには、まだわからないかもしれないけれど
きみが、静かに眠れるように
天使は、そうっと見つめているよ
「僕がいつでも見ているからね」と
ささやきながら、ささやきながら
たとえば、きみが、どんなに恵まれていても
たとえば、きみが、どんなに恵まれていなくても
これだけは、忘れないで…

天使の世界では、そんなこと関係ないんだってこと
みんなみんな同じなんだよ

きみには、なかなかわからないかもしれないけれど
きみが、素晴らしい人になるように
天使は、心から祈りをささげているよ
「僕がいっしょに歩いていくからね」と
語りかけながら、語りかけながら
たとえば、きみが、どんなに幸せであるとしても
たとえば、きみが、どんなに幸せでなくても
これだけは、忘れないで…

天使の世界では、百点と九十九点の違いでしかない
みんなみんな大切なんだよ

きみには、まだまだわからないことかもしれないけれど
きみが、きれいな心でいられるように
天使は、いつでも守ってくれるよ
「僕がずうっとついているからね」と
手を握って、手を握って
たとえば、きみが、どんなに愛されていても
たとえば、きみが、どんなに愛されていないと感じても
これだけは、忘れないで…

天使の世界では、どんな人でも愛をたくさん頂いているよ
みんなみんな、いとおしいんだよ

38

いいさ

きみはどこに向かって歩いて行くつもりなのか
きみの苦しさは僕には分からないだろう
きみの哀しさも僕には分からないかも知れない
それでも、いいさ
きみも僕もそうだけど、人は振り返らず、
深い雪のなかを行くように、ゆっくりと進むしかないよ
いいさ、少しぐらい失敗しても
そんなことはよくあることだから

いいさ、逃げ出したい気持があったとしても
生きることは、誰もがつらくて、苦しいのだから
いいさ、どんな苦しみも哀しみもそのまま受け止めて歩いて行けば
その先に明日が見えるから
いいさ、無理をすることはない、そのままでいいよ
きみはきみなのだから

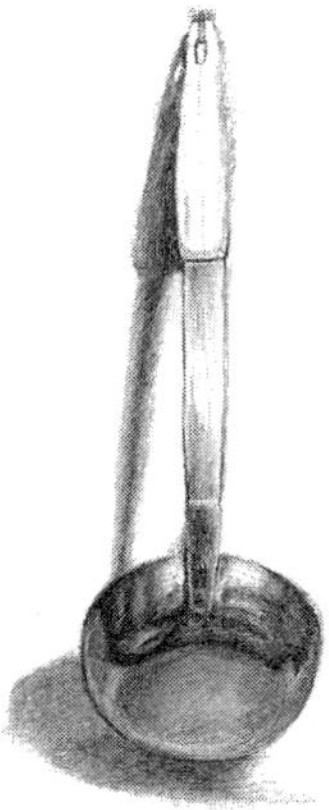

40

本当に「かっこいい」ことって

頑張ることってかっこわるいことなのかな
一生懸命になるのはかっこわるいことなのかな
人のために何かするのはかっこわるいことなのかな
たしかに僕たち大人を見ていれば
そう思っても仕方ないよね
頑張った結果、身も心も燃えつきてしまう人
一生懸命にやってもむだとあきらめている人
人のことなどどうでもいいと考えている人

でも、僕は本当のことを知っているよ
燃えつきるのは生きていることとの大切な目的を見失っているからだよ
一生懸命にやっていれば、きっと素晴らしいことが待っているよ
人のためにしたことは、大きな恵みになって返ってくるよ
だからね
みんな、かっこわるいどころかかっこいいこと
頑張る人はかっこいい
一生懸命になる人もかっこいい
人のために何かをする人は最高にかっこいい
きみにはそんなかっこいい人になってほしい

42

またあした

今日が悲しみでいっぱいの日でも
思いっきり泣いてからね
こう言ってみよう
またあした…って
それで、もすこし頑張れるよ

今日がいやなことばかりの日でも
思いっきりはき出してからね

こう言ってみよう
またあした…って
それで、もすこし楽になれるよ

今日が何もしたくない日でも
思いっきりのんびりしてからね
こう言ってみよう
またあした…って
それで、何かを始めてゆけるよ

今日がとても素晴らしい日なら

44

思いっきり笑ってからね
こう言ってみよう
またあした…って
それで、もっと元気になれるよ

45

君に、いい風、吹きますように

君に、いい風、吹きますように…
君は、これまでいい風が吹いたことなんてない
そう思っているかもしれないし、
本当にそうかもしれない
だから、君に、いい風、吹きますように…
でも、いい風は待っているだけではだめなんだよ
なんで僕が知ってるのか、だって？
僕はずぅっと君とまるっきり同じだったからさ

待っているだけだった、ただ待っているだけ
風の天使が僕の心にやってきて、教えてくれた
ほら、あそこにいい風吹いてるよ…
たったそれだけのことだったのさ
いい風吹きそうなところへいくことがだいじだってね
ほら、あそこにいい風吹いてるよ…
それは、思いきって飛び込んでいくってことだよ
そんなに難しく考えてはいけないよ
なんにもこわいことなんてないからさ
いい風を迎えにいこう、僕といっしょにいこう
君から近づいていったときにね

いい風は君を笑顔で待っていてくれるから
そのときに君の風の流れは、もうかわりはじめているよ
君に、いい風、吹きますように…

人と違うということ

きみは、人と違うかもしれないけど
それは悪いことではないよ
人と同じなのが、価値のあることだろうか
人と同じということは、
人として大切なことを見えなくしてしまうことがある
自分と同じなら認め、違ったら認めない
そんな狭い心たちをつくりあげていくんだよ
顔つきが同じなら認め、違ったら認めない

そんなつまらない心たちを生み出してしまうんだよ
みんながすべて同じではない
違うから、生きる意味があるんだよ
どういうことか、というとね
同じことをするのが大切なのではなくて
いろいろなことをいろいろな人がすることが
大きな価値があって、大切だということなんだよ
他の人ときみが違っていることを悲しむことないよ
それよりも違うことこそいちばん喜ぶべきことで
違うけど、みんな価値は同じなんだ
それを知ってほしい

さらさらながれていきましょう

さらさらながれていきましょう
つめたい水のながれる川のようにね
だって、考えてみて…
川って、まったく何にもとらわれてないでしょう
なのに、人は、それがなかなかできないよね
こんなに与えられているのに
自分と人とを比べることばかり必死になって
どちらが上とか下とか、それにこだわりすぎている

僕もそんな人のなかの一人だね
いま必要なのは、これなのかもしれないね
さらさらながれていきましょう

さらさらながれていきましょう
川の水のながれにのる木の葉のようにね
だって、考えてみて…
木の葉って、ながれに身をまかせているでしょう
なのに、人は、それがなかなかできないよね
こんなに与えられているのに
必死になって、心にたくさんのものをかかえこんで

それにとらわれて、すべてのながれにさからっている
僕もそんな人のなかの一人だね
いま必要なのは、これなのかもしれないね
さらさらながれていきましょう

55

「弱さ」のなかの「強さ」

きみは、人は、弱いだけのものだと思っているかもしれない
たしかに、そうかもしれないよね
ちょっとしたことで道に迷って、傷ついてしまう
たしかに、そうかもしれないよね
ちょっとしたことで心揺れて、くずれ落ちてしまう
たしかに、そうかもしれないよね

そんな弱い弱い、人という存在だけど、

弱いことを知っていることは、
強さを知っているよりももっともっと大切なことなんだ
そんな弱い弱い、人という存在だけど、
弱いことを隠そうとして強いふりをする必要はないよ
それよりも弱いことを認めようよ

それを認めたら、怖いことはひとつもないからさ
そして、いままでよりきっと強くなれるよ
本当の強さって、そういうことなんだって
そして、いままでよりもきっと優しくなれるよ
弱さのなかにこそ本当の強さがあるんだよ

58

そして、いままでよりもきっと勇気が持てるよ

59

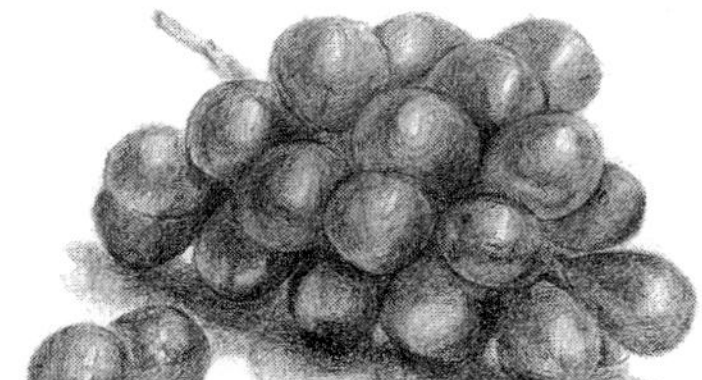

60

心のバランス

心のバランスとれていますか
悲しい時には涙を流すことで
締め付けられた心を解きはなって
それで心のバランスがとれるのです
心のバランスとれていますか
苦しい時には想いを言葉にすることで
たったひとりでかかえこまずに
それで心のバランスがとれるのです

心のバランスとれていますか
一度素直な自分にもどって
心をみつめてみてもいい頃です
傾いてしまった心のバランス
少しずつとりもどしていきましょう
本当のあなたになるために

不運と幸運

幸運なひとがいる
不運なひとがいる

僕は不運なのかな、自由にはばたくことができない
不運に押しつぶされそうになることばかり
不運なことを恨み、嘆いたことなど数知れない
不運だけなのかな、僕の行く先には

そんなとき僕は考えてみた
僕は幸運なのかな、生きているだけで…
幸運に救われたことばかり
幸運に感謝したことがあったろうか
この人生、人より幸運なのかも知れない

幸運か、不運かなんて背中合わせ、紙一重、誰にも解らない
幸運と見えることが不運であり、不運に思うことが幸運なことであったりする
今日も、明日も、僕は自分にそう言い聞かせて、生きていく

Passion

すべてにPassionをこめよう
前を見つめて歩いていくためにつよく
過ぎたことを振り返るのはやめよう
Passionがあれば、すべては動いていく
それをきみに伝えておきたい
すべてにPassionをこめよう
その夢をかなえていくためにつよく
かならず手にすることができるはず

Passionがあれば、すべてはかなっていく
それをきみに伝えておきたい

すべてにPassionをこめよう
弱い心を勇気にかえるためにつよく
今ならきっと、生まれかわれるから
Passionがあれば、すべてはかわっていく
それをきみに伝えておきたい
すべてにPassionをこめよう
きみが生きていくためにつよく
それが人の心を燃えあがらせていく

66

Passionがあれば、すべてを輝かすことができる
それをきみに伝えておきたい

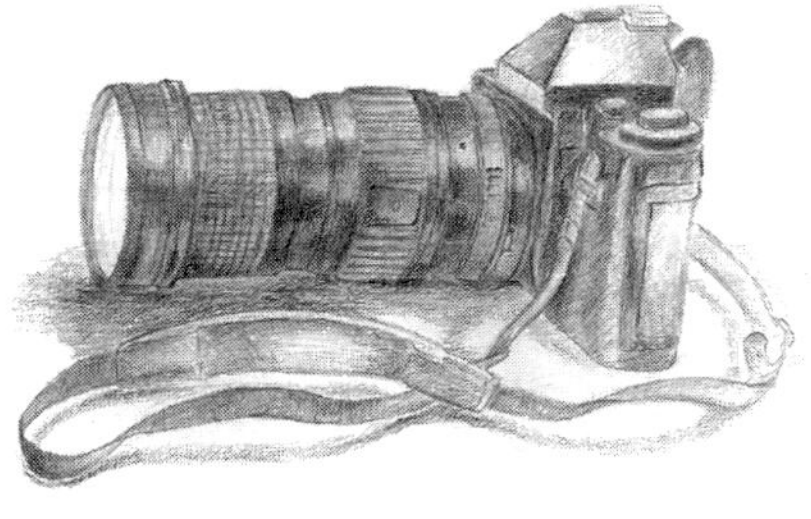

68

水

水は不思議です。
水はいろんな姿を見せてくれます。
天から地上に降り注ぎます。
山の木々を潤していきます。
土に少しずつ少しずつしみこみます。
そして、すき間からしみ出してきます。
それがせせらぎとなり、小川となり、生きものたちの生命の源となります。
それから、清流へとかわり、流れ下って、河となります。

やがて、大河となって海へ注ぎこみ、海の生きものたちを育んでくれます。
時に応じて、場所に応じて、必要に応じて、姿をかえます。
「ゆったりとやわらかく生きてみませんか」と私たちに呼びかけているようです。
時にやさしく、時に大きくて、時に冷たく、時に暖かい、
水って、ほんとに不思議です。

ゆっくりいけばいいよ

ゆっくりいけばいいよ、あわてずにあせらずに
きみが、きみ自身を大切に思えるようになるまで
ゆっくりいけばいいよ、自分のペースで自分のリズムで
きみは、たったひとりしかいない、きみなのだから

ゆっくりいけばいいんだよ、人がどう思うかなんて関係ないよ
きみを支えてくれる人がいっぱいいるのだから
ゆっくりいけばいいんだよ、さざ波のようにゆるやかに

きみの心をやわらかくするだけでいいから

ゆっくりいけばいいよ、ありのままの自分でいけば
きみとだれかを比べる必要なんてないのだから
ゆっくりいけばいいよ、自信をもてるようになるまで
僕がずっとずっと遠くから祈っているから

ゆっくりいけばいいよ、ゆっくりゆっくり
いつかきっと心が笑顔で満たされる日がくるから
ゆっくりいけばいいよ、ゆっくりゆっくり
未来を強く信じて、きみの道を歩いていこうよ

わたしに会いに来ませんか

もしも、あなたの胸の中がさびしさでいっぱいになったなら
わたしに会いに来てみませんか
いっしょにコーヒー飲みながら
あなたの想い、話しませんか
わたしの想い、聞いてみませんか
そしたら、すこしはさびしくなくなるでしょう

わたしに会いに来てみませんか

もしも、あなたの胸の中がかなしさでいっぱいになったなら
わたしに会いに来てみませんか
いっしょに涙ぬぐいながら
あなたの想い、話しませんか
わたしの想い、聞いてみませんか
そしたら、すこしはかなしさ小さくなるでしょう

わたしに会いに来てみませんか

もしも、あなたの胸の中がしあわせでいっぱいになったなら

わたしに会いに来てみませんか
いっしょに笑いながら
あなたの想い、話しませんか
わたしの想い、聞いてみませんか
そしたら、もっとしあわせ大きくなるでしょう

わたしはあなたを待ってます

あったかいかたまり

土のにおい、草のにおい

雨が静かに降り注いだあとにするにおい
土のにおい、大地のにおい
母であり、父でもある大地のにおい
なぜだか心落ち着き、安心するにおい
とても好きなにおいだ
草のにおい、雨つゆのにおい
生命であり、神秘でもあるにおい
なぜだかすがすがしく、さわやかなにおい

とても好きなにおいだ

日差しがさんさんと注いだあとにするにおい
土のにおい、大地のにおい
地球の大きさを感じる大地のにおい
不思議と力をくれるあたたかなにおい
とても好きなにおいだ
草のにおい、雨つゆのにおい
いっぱいのひかりをあびたときのにおい
不思議と優しくなれるやわらかなにおい
とても好きなにおいだ

小さな生命を守りたい

きみの小さな小さな生命は、ひとつしかない生命
生まれたばかりの生命、守ってあげたい
そんな小さな体でそのかなしみ、受けとめているんだね
そんな小さな体でそのつらさ、受けとめているんだね
僕には、何もしてあげられないけれど
僕は、何の力も持っていないけれど
天使たちがずっとずっと見守りつづけてくれるように
きみの世界がいっぱいの愛で満たされるように

きみの世界がいっぱいの癒しの力で満たされるように
心からの想いを込めて、空に向かって祈ります
きみのために…、きみのために…

きみの小さな小さな生命は、ひとつしかない生命
生まれたばかりの生命、守ってあげたい
そんな小さな体でその苦しみ、受けとめているんだね
そんな小さな体でその切なさ、受けとめているんだね
僕には、何もしてあげられないけれど
僕は、何の力も持っていないけれど
天使たちがずっとずっと見守りつづけてくれるように

きみの世界がいっぱいの優しさで満たされるように
きみの世界がいっぱいのやすらぎで満たされるように
心からの想いを込めて、空に向かって祈ります
きみのために…、きみのために…

82

風鈴

チリンチリンリン、チリンチリンリン
夏になっても君のすがたをすっかり見かけなくなったね
どこにいってもかならずいたのに
どこにいってもかならずきこえたのに

チリンチリンリン、チリンチリンリン
夏の暑さに渇く、みんなを、みんなのきもちを
その透き通った、涼しげな音色で

すーっと落ち着かせてくれたよね
チリンチリンリン、チリンチリンリン
夏がくるたびに君のすがたをおもいだすのさ
その澄みきった音色を
もう1度、きかせてくれないかな

ひまわり

いつかきみが贈ってくれたひまわり
夏の日差しをそのからだにたくさん浴びてきたんだね
太陽からもらったその鮮やかな色が目に痛いよ
ぼくは覚えているよ
きみとあそんだ、ひまわりの咲き乱れるあの丘
楽しいことしか知らなかった幼いころ
ぼくは覚えているよ
きみがたいせつに育てた、あの大きなひまわり

今も夏になるとその笑顔に出逢えるよ
可愛いかった、あのころのきみに逢いたい

いつかきみが贈ってくれたひまわり
夏の熱い風をそのからだにたくさん集めてきたんだね
太陽からもらったその生命力があふれ出しているよ
ぼくはわすれないよ
きみが想いをこめて描いた、あの「ひまわり」の絵
生命のつよさを知りはじめたころ
ぼくはわすれないよ
きみがずっとすきだった、ひまわりの花

86

今も夏になるときみの横顔が目に浮かぶよ
すきだった、あのころからきみがすきだった

Rainyday

雨の日には、色褪せて見えたものが鮮やかな色になってゆく
まるで空から絵の具でも降らせて
街というキャンバスに色をつけたよう
ココロの色が少しずつ輝きを増してくるよ

雨の日には、雨の音のほかに音は聞こえない
都会のざわめきは沈黙の箱のなかにとじこめられて
だれかが魔法でもかけたようにすべてが止まっている

ココロの音が静かに響いて伝わり始めるよ

雨の日には、外の世界をずっとながめていたい
雨滴のひとつひとつが地面にゆったりと染み込んでゆく様子を
生きとし生けるものをそっと育んでくれる
ココロのなかにすっと流れ入って癒してゆくよ

雪

冬、世界が白と銀に変わります
雪がしずかに変えてゆきます
わたしの、そしてあなたの心を変えてくれます
雪がすべてをかき消してゆきます
わたしの、そして、あなたのさみしさをかき消してくれます
雪はかなしくてうつくしいのですね

匂い

夏に降る雨の匂いが好きになりました
あれは、いつの頃からだったでしょうか
降りはじめたときのあの匂い

きんもくせいの花の匂いが好きになりました
あれは、いつの頃からだったでしょうか
甘く、やわらかい、あの匂い

春のあたたかい風の匂いが好きになりました
あれは、いつの頃からだったでしょうか
ほほをなでていくときのあの匂い

海の匂いが好きになりました
あれは、いつの頃からだったでしょうか
浜辺をふきわたる、潮風のあの匂い

いつの間にか、わすれていました
みんな、私を癒してくれていたのです

海　～揺れる想い～

海…寄せてくる波は私の心
かなしみが押し寄せてくる、私のすべてを呑みこんでいくように
くやしさが押し寄せてくる、私のすべてを壊してしまうほどに
さみしさが押し寄せてくる、私のすべてを砕いてしまうように
せきとめようにも、なすすべがない
押し返そうにも手だてが見つからない
この想い、どこにぶつけようか

海…返す波は私の心
かなしみが引いていく、私のすべてを解放するように
くやしさが引いていく、私のすべての不安をまきこみながら
さみしさが引いていく、私のすべての弱さを消しながら
矛盾を流していってほしい
憎しみを遠い海のかなたへ運び去ってほしい
この想い、通じるだろうか

この想い、わかってください
この揺れる私の想い

はな・ひとひら

はな　咲こうとしています
もうすこしってこえをかけたくなりました

はな　かぜにゆれています
ずっとながめていたくなりました

はな　あめにぬれています
はやくはれないかっておもいました

はな　ゆきに埋もれかけています
そっとはらってあげました
はな　ひとひら　散っていきます
はかないなってかんじました
はな　たびだっていきます
また、あいたくなりました

あったかいかたまり

胸に手をあててみてごらん
そこにあったかいかたまりがあるでしょう
そのあったかいかたまりを大切にしてほしいんだ
あったかいかたまりは、あなたをしあわせな気持ちにする
ほんとうの意味でしあわせにしてくれるよ
あったかいかたまりは、つらいときこそ必要なんだ
それがしあわせになるための力をくれるよ
だから、つらい人を見かけたら、

きみのあったかいかたまりをわけてあげよう
そうすると、きみのあったかいかたまりは
もっと大きなかたまりとなってね
わけてあげた人だけではなくて
あなたのところに知らないうちにかえってくるんだよ
もう一度、胸に手をあててみてごらん
そこにたしかにあったかいかたまりがあるでしょう

ぜんぶきらきらひかってる

ぜんぶきらきらひかってる

雨のしずくがひかってる、雲の切れ間もひかってる
青い空までひかってる、きらきらきらきらひかってる

小鳥の瞳がひかってる、イルカの背中がひかってる
生きものたちがひかってる、きらきらきらきらひかってる

水がきらきらひかってる、風もきらきらひかってる
星がきらきらひかってる、きらきらきらきらひかってる

あなたの世界はひかってる、あなたの心もひかってる
神様の愛がひかってる、きらきらきらきらひかってる
きらきらきらきらひかってる、ぜんぶきらきらひかってる

春をみつけた

みんな眠っていたんだね。
いつのまにやら、そこにいるよ。
ちょうちょも、めだかも、みつばちも。
つくしんぼうが笑ってて。
たけのこ、ひょこひょこ顔をだす。
みんな待っていたんだね。
なんだかとても楽しそう。
そこにも、ここにも、あそこにも。

みえる、いのちがあふれてる。
みえない、いのちもあふれてる。

Color of The World

Color of The World
あなたのいる世界はどんないろですか
わたしのいる世界はどんないろですか

Color of Rain
あなたに降るのはどんな雨ですか
わたしに降るのはどんな雨ですか
あなたの世界には憎しみのつまった機関銃の雨が降り

わたしの世界には子供を守れなかった母の涙雨が降り
かなしい雨しか降らないのでしょうか

Color of Face

あなたの顔はどんないろですか
わたしの顔はどんないろですか
あなたは白いアメリカ人、 わたしは黄色いアジア人に生まれ
彼は黒いアフリカ人、 彼女は青いヨーロッパ人に生まれて
それがどれだけ違うというのでしょうか

Color of Eyes

あなたの瞳にはなにが映っていますか
わたしの瞳にはなにが映っていますか
あなたにはすべてがいろあせて見えてしまい
わたしにはすべてが異様ないろに見えてしまう
なにかが狂ってしまったのでしょうか

Color of Tears

あなたが流しているのはどんな涙ですか
わたしが流しているのはどんな涙ですか
あなたは絶望という涙を流しつづけ
わたしは後悔という涙ばかり流しつづけて

笑顔で満たされる日はいつ来るのでしょうか

Color of Love
あなたの愛はどんないろですか
わたしの愛はどんないろですか
あなたのいる世界がどうなっても
わたしの生まれる時代がどう変わったとしても
生命はすべてつながりあっているのです

Color of The World
あなたのいる世界はどんないろですか

110

わたしのいる世界はどんないろですか

ゆりの花

わすれられないことばがあるのです、ひとつのことばがあるのです
あなたは、あなたを不幸だというかもしれません
それは、あなたより幸運なひとばかり見ているから
それは、上しか見ていないから
それは、あなたのまわりを見ることをわすれているから
そんなあなたのこころに聞いてもらいたいことばがあるのです

わたしも、あなたと、まるっきり同じでした
わたしは、いつもひとりだけ、不幸と思っていたのです
みんなが、幸運に見えました
上ばっかり見ていて、まわりなんて見えません
そんなわたしのこころのなかに、残っていることばがあるのです

「上を見れば、きりがない。下を向いて咲くゆりの花。」
ゆりは、気高くて、気品漂う、美しい花です
ひけらかす、そんなことなど考えず、
下を向いて咲いていています

ゆりよ、あなたは教えてくれています
いつも見えなくなってしまうことを
すぐにわすれてしまうことを

この世でいちばん。

この世でいちばん、えらいのは、
どんなひとだというのでしょう。
たとえば、
それは、おかねがたくさんあるひとでしょうか。
いいえ、そんなことはありません。
この世でいちばん、えらいのは、
ひとのためにつかうことのできるひと。

この世でいちばん、つよいのは、
どんなひとだというのでしょう。
たとえば、
それは、ちからがとてもつよいひとでしょうか。
いいえ、そんなことはありません。
この世でいちばん、つよいのは、
じぶんのこころのよわいこと、だれよりもしっているひと。

この世でいちばん、やさしいのは、
どんなひとだというのでしょう。
たとえば、

それは、なんでもきみのいうことをきいてくれるひとでしょうか。
いいえ、そんなことはありません。
この世でいちばん、やさしいのは、
いけないことをしたときに、なみだをながして、しかってくれるひと。

この世でいちばん、すてきなのは、
どんなひとだというのでしょう。
たとえば、
それは、かおやすがたのうつくしいひとでしょうか。
いいえ、そんなことはありません。
この世でいちばん、すてきなのは、

こころがどんなひとよりも、うつくしいひとなのです。
でも、ほんとうはね。
みんな、みんな、この世でいちばん。

きみにはどうみえるだろう　このせかい

きみにはどうみえるだろう　このせかい
ありの眼でみてごらん　どうみえるだろう
ことりの眼でみてごらん　どうみえるだろう

きみにはどうみえるだろう　このせかい
うまの眼でみてごらん　どうみえるだろう
くじらの眼でみてごらん　どうみえるだろう

きみにはどうみえるだろう　このせかい
おひさまになったつもりでみてごらん
おつきさまになったつもりでみてごらん

いろんな眼でみてごらん
そうしたら　すこしはせかいがみえてくる
そうしたら　たいせつなせかいがみえてくる

Beautiful spirits

あなたのように美しくありたいのです
心の深いところに美しさをたたえているあなたのように
この魂に刻み込まれている Beautiful spirits of God
この地上を照らす大きな Beautiful spirits of God
あなたのように美しくありたいのです
すべてが美しい愛情に満たされているあなたのように
この魂に刻み込まれている Beautiful spirits of God
この地上を照らす大きな Beautiful spirits of God

あなたのそのあたたかい想いが心に注がれた時に
どんなに輝きを失いかけている生命でも光を放ちはじめるのですね

あなたのように美しくありたいのです
すべてが美しい慈悲に満たされているあなたのように
この魂に刻み込まれているそれがBeautiful spirits of God
この地上を照らす大きなBeautiful spirits of God
あなたのように美しくありたいのです
すべてが美しい誇りに満たされているあなたのように
この魂に刻み込まれているBeautiful spirits of God
この地上を照らす大きなBeautiful spirits of God

あなたのそのあたたかい想いが心に注がれた時に
どんなに力を失いかけている生命でも光を放ちはじめるのですね

N
MAROY

眠れない夜

眠れない夜は怖い　死への恐れなのだろうか
乗りこえてきただろう　苦しみや恐怖なんて
今さら何が怖いのか
ふりはらおうとすればするほど　大きくなる
何を恐れているのか
消そうとすればするほど　はっきりしてくる
眠れない夜は何を教えようというのか
今さら何を

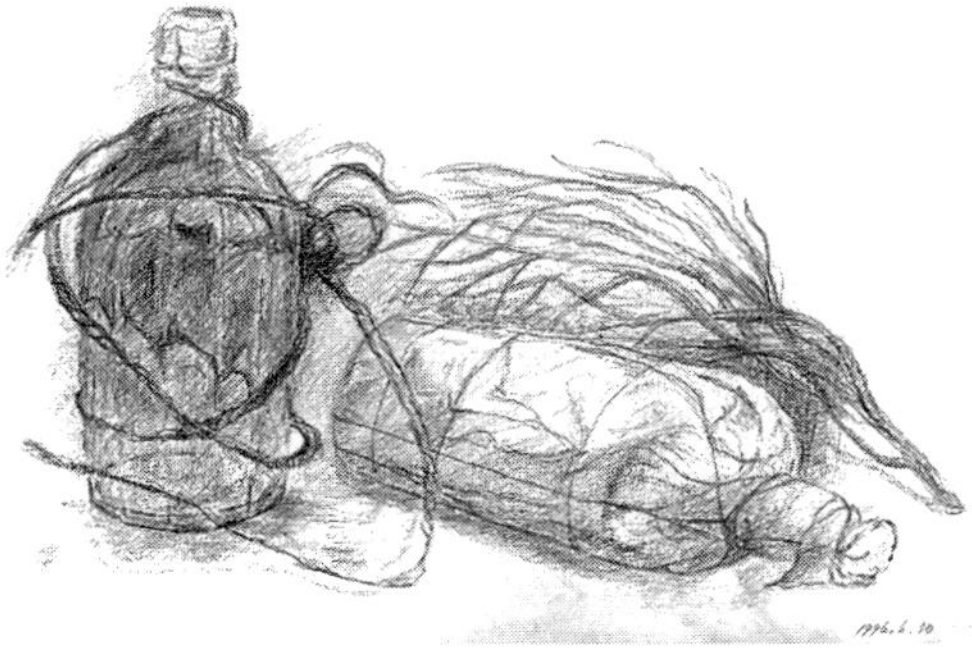
1996.6.10

月のように穏やかに

月のように穏やかであれたら、どんなにいいだろう
人は、太陽になりたいと思うかもしれない
まるで、照りつける夏の太陽のように
明るく、熱く、激しく燃えるように
人は、そう生きたいと願うかもしれない
その生き方が、素晴らしいのは、間違いないこと
その生き方が、誰もが認める価値をもつことは、間違いないこと
でも、そういう輝かしい生き方だけではなくて、

もうひとつの生き方があると思うのは、僕だけだろうか
それが月のように生きることなんだ
僕は、月のようになれたらと思う
たとえば、すべてを映しだす水面のように
やさしく、しずかにやわらかく照らしだすように
僕は、そう生きたいと願っている
淡々とその瞬間を穏やかに生きていきたいと願っている
月のように穏やかな心であれたら、どんなにいいだろう

速いボールと遅いボール

壁に向かってボールを投げてごらん
速いボールを投げたら、速いボールが返ってくる
遅いボールを投げたら、遅いボールが返ってくる
強いボールを投げたら、強いボールが返ってくる
優しいボールを投げたら、優しいボールが返ってくる
人の気持ちもボールみたいなものなんだよ
君が嫌いだと思えば、相手もきっと嫌いだと感じるもの
君が興味を持ったら、相手もきっと興味を持つもの

君が近づいてきたら、相手もきっと近づいてくるもの
相手の気持ちがわからなくなったら、思い出して
ボールと同じだっていうことをね
そうしたら、糸口がつかめてくるようになるよ
すぐにわからなくてもいいんだ
わかってくるまで待っていればいいんだよ

いのちのにおい

いのちのにおいがしませんか
春の空気のなかに、夏の空気のなかに
ふだんは、なにげなく過ぎ去っていくもの
外にさえ出られない日々のなかにいた私
その日々がもう一人の私を育ててくれた
そして、外に出ることができたときに
それまでただ通り過ぎるだけだった
いのちのにおいを体いっぱい感じました

いのちのにおいがしませんか
秋の空気のなかに、冬の空気のなかに
ふだんは、なにげなく過ぎ去っていくもの
生きている実感さえ持てなかった私
その日々が私の存在をはっきりさせてくれた
そして、生きていることが嬉しいと思ったとき
それまで感じることさえなかった
いのちのにおいを体いっぱい感じました

完璧じゃなくていい

みんな完璧な生き方を求めすぎてる
完璧なひとなんていない
完璧なことは決していいことじゃない
完全なひとには魅きつけるものが少ない
苦労してないひとは魅きつける力が弱い

どこか欠けていてもいい
困難を越えてきたひとには何かがある

挫折から抜け出そうとする姿にひとは魅きつけられる
その言葉には輝きがある

大切なのは完璧な人生じゃない
より美しい人生を命を懸けて生き切ること
あなたしかできない生き方をすること
完璧じゃなくていい、完璧じゃなくて…

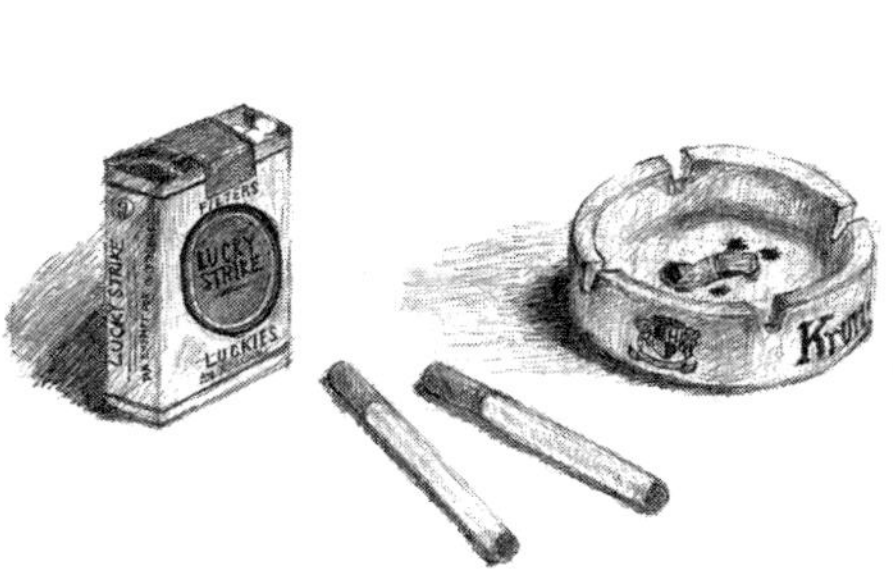

飛行機雲

人生は、まるで空の真ん中に描かれた
一本の飛行機雲のようなものかもしれないね
一歩一歩、進んできた僕の人生の軌跡が
白い線となっていくのを見ているようだね
せっかく、この世界に生まれてきたのだから
僕が生きたことを何かの形で残したいと思う
ひとつでいい、たったひとつでいいんだ
たとえ、美しい生き方ができなくても

たとえ、人が羨むような生き方でなくても
たとえ、悲しみだけの生き方に見えたとしてもね
そんなことは、問題じゃないと思う
問題は、悔いなく生きることができるか
そして、そこに軌跡を残せるかということ
それで、最期に幸せだと思えたなら…成功なんだから
それを心から感謝できたなら…神様が認めてくださるから
それには、その瞬間、瞬間をめいっぱい生きればいいんだね

与えられし日々

「お母さん」

お母さん、なんてやさしい響きなんだろう
僕は、あなたと約束をしてきてよかった
それは、世界でいちばんの奇蹟だったのですね
あたりまえのことが奇蹟だったのですね

お母さん、なんてあったかい響きなんだろう
僕は、あなたのところに生まれてよかった
それは、世界でいちばんの奇蹟だったのですね

あたりまえのことが奇蹟だったのですね

お母さん、あなたにありがとう
愛する、お母さん

お母さん、なんてうつくしい響きなんだろう
あなたは、涙をこらえて歩いてくれた
それは、世界でいちばんの奇蹟だったのですね
あたりまえのことが奇蹟だったのですね

お母さん、なんていとおしい響きなんだろう

僕は、心から愛されていてよかった
それは、世界でいちばんの奇蹟だったのですね
あたりまえのことが奇蹟だったのですね

お母さん、あなたにありがとう
愛する、お母さん

144

今日は

きのうはなにもかもうまくいかなくて
むなしさですべてが色あせてみえて
自分の力のなさが哀しくてたまらなかった
こんな気持ちのやり場がみつからなくて
だれかに聞いてもらいたくて
きみに電話をかけたんです
なんどかけてもつながらない

「なんだよ、人の気持ちも知らないで」

やっとつながったのに、ぼくは素直になれずに
きみにやつあたりしてしまって
でも、きみは、なんにもいわないで
受話器の向こうで優しく話を聞いてくれました
それで、すべてがかわった気がします
心の荷物をおろせたから不思議
心のもやもやが晴れていったから不思議

「やり直してみるよ、あしたから」

目覚まし時計におこしてもらうと
いつものように駅へとつづく道を行く
そよぐ風にいつもとは違うなにかを感じて
街も人も輝いているようで
花も鳥もいきいきしているようで
なにもかもうまくいきそうです
今日はいいことがありそうな予感です

「きみに感謝するよ、心から」

人の想いをかさねたい

なにげなく空の星を見上げてみたよ
ふと僕の心によぎる想い
ひとつひとつの煌めきは、ばらばらなのにね
ひとつひとつをかさねあわせて宇宙が調和している
僕たちには考えも及ばないことだけど
なにげなく空の星を見上げてみたよ
ふと僕の心によぎる想い
よく考えてみると僕たちもそうなのだね

ひとりひとりの生きる方向は、ばらばらだよね
宇宙のようには調和できてないかもしれない
あなたひとりの心さえ見えてないけどさ
それでも僕は人の想いをかさねあわせたい
すべての愛の想い、かさねあわせたい
すべての信じる想い、かさねあわせたい
すべての祈りの想い、かさねあわせたい
いつの日か、ひとつになってゆくために

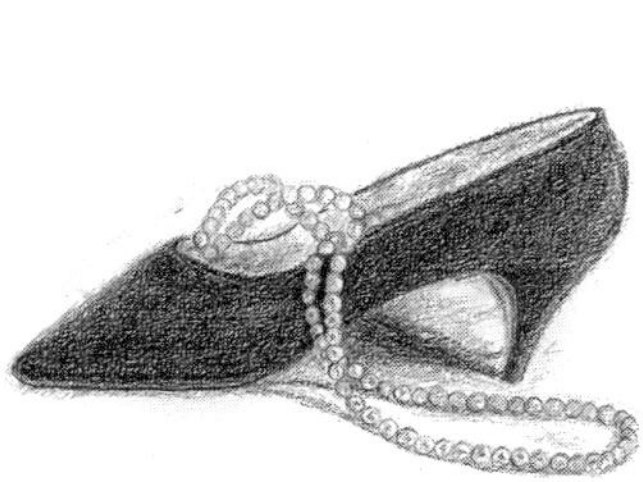

かなしみいっぱい、いっぱいしあわせ

しあわせ、いっぱいだね。
なぜかな。
だれよりも、かがやいて。
だから、
なにより、しあわせ。
かなしみ、いっぱいだね。
なぜかな。
だれよりも、くやしくて。

それでも、なにより、しあわせ。
しあわせ、いっぱいだね。
なぜかな。
だれよりも、うれしくて。
だから、
なにより、しあわせ。
かなしみ、いっぱいだね。
なぜかな。
だれよりも、泪《なみだ》こぼれて。
それでも、なにより、しあわせ。

よくわかってるよ。
みんな、かなしみ、いっぱいでも、
みんな、しあわせもいっぱい。
だから、生まれてくるんだね。

あっ、そっか

「あっ、そっか」、さいきんの僕の口ぐせだよ
なにか、忘れてることがあって
それを思い出したときに出てくるのが
「あっ、そっか」
なにか、僕が気付かないことを
お母さんに、教えてもらったときにも
「あっ、そっか」

「あっ、そっか」、って言って素直にさ
「あっ、そっか」、って言って優しくさ
ひとの言うことを聞いてみよう
聞く耳のあるひとには、いろいろ教えてあげたくなるんだ
それが、ひとのきもち、というものなんだよ
そして、「あっ、そっか」のあとには、忘れずに言ってね
「教えてくれて、ありがとう」のひとことをね

「あっ、そっか」、さいきんの僕の口ぐせだよ
そのうち、「ありがとう」も口ぐせになるといいな

ちいさなしあわせをかぞえて

ちいさなしあわせをかぞえていると
しあわせのかたちが見えてくるよ
僕はつい恵まれていないことばかり嘆いてしまうね
これさえなかったらという想い、こころにあふれだしてくる
これがあればという想い、口をついてでてくる
僕はこんなに恵まれていることすぐ忘れてしまうね
人との比べ合いのなかにはしあわせはないのに
今を受け入れられなければしあわせは来ないのに

僕は今、しあわせをいっぱい感じているよ
ここに「生まれて」しあわせ
ここに「生かされて」しあわせ
あなたに「愛されて」しあわせ
あなたに「信じられて」しあわせ
みんなに「受け入れられて」しあわせ
みんなに「認められて」しあわせ
それをかみしめてみたとき、熱い涙こぼれてきたよ
「今、この時」がしあわせ、「こころ」がしあわせ
それがちいさいけど、しあわせということだよね

ふたつの「愛」

「愛」には、ふたつあること知っていますか
ふたつとも大切な大切な「愛」なのです
神様は、父をあらわす、つきはなすような厳しい「愛」を創られた
それは、私たちに父の大切さを教えるためでした
悲しみや苦しさから逃げないことの大切さを教えるためでした
そして、母をあらわす、つつみこむような優しい「愛」を創られた
それは、私たちに母の大切さを教えるためでした
悲しみや苦しさから守ってあげることの大切さを教えるためでした

なぜか、そのふたつを創られ、与えられたのです
そこから解かることは、ひとつだけではだめだということなのです
ただ厳しいだけでは、いつか追いこまれていきます
ただ優しいだけでは、前向きな気持ちがなえていきます
ふたつがバランスをとったとき、人は成長していきます
そして、「愛」の意味をつかみとっていくのです
そのことを伝えたくて、「愛」を創られたのです
今、私たちは、いちばんに
そのことを知らなくてはならないのかもしれません

天使の涙が降る夜は

天使の涙が降る夜は、ひとりしずかに祈ります
あなたのかなしみ消えますように
天使の涙が降る夜は、あなたとともに祈ります
ふたりのかなしみ消えますように
天使の涙が降る夜は、胸の奥で祈ります
みんなのかなしみ消えますように

天使の羽が舞う夜は、ひとりしずかに誓います
あなたの希《ねが》い聞かれるように

天使の羽が舞う夜は、あなたにいつも誓います
ふたりの約束きっと果たせるように

天使の羽が舞う夜は、胸の奥で誓います
みんなの気持ちひとつになるように

天使が微笑みかける朝、ひとりしずかに目覚めます
あなたを起こしてしまわぬように

天使が微笑みかける朝、あなたとともに目覚めます
ふたりがいつでもさみしくないように
天使が微笑みかける朝、心おだやかに目覚めます
みんなの笑顔がかがやくように

与えられし日々　～My Given Days

わたしは与えられている
日々、新しい生命を与えられている
この世界に生まれてきた喜び、生きるうれしさをわすれない
この世界には、哀しみも多くて、どうにもならないこともある
それでも
わたしは与えられている
日々、新しい生命を与えられている

わたしは与えられている
日々、新しい愛を与えられている
この世界で愛されてきた喜び、愛されるうれしさをわすれない
この世界には、哀しみも多くて、どうにもならないこともある
それでも
わたしは与えられている
日々、新しい愛を与えられている
大切にしたい、この与えられし日々よ

道を拓く　～エッセイ～

挑戦していくことの大切さ　～病気や障害の中で～

人は、大きな病気になった時や重い障害を持ってしまった時、周りが見えなくなり、それと同時にこの病気さえなければ、この障害さえなければ、という思いが強くなってきます。それを受け容れる、あるいは振りはらうのは容易ではありません。私は、自分の障害について少しずつ知っていくにつれて、その思いが強くなっていきました。

七歳の時「進行性筋ジストロフィー」という病気が判明してから、身体が成長していくにつれて、少しずつ走ること、歩くことができなくなり、中学生になる頃には、立っているのも難しくなっていきました。それからはずっと車椅子での生活です。そして、六年前には呼吸さえもできなくなり、人工呼吸器の力を借りることになりました。

それは言葉では言い表せない苦しさでした。「どうして自分だけが…」と何度思い、「これさえなければ」と何度悔しい、悲しい思いをしてきたことでしょう。また何度死んでしまいたいと思ったことでしょう。人間ならそれは当然のことかもしれませんし、今でもそう思うこともあります。

でも、私は「筋ジストロフィー」と共に二十年以上の人生を歩んで来た中で、「これさえなければ」といつまでも思っているだけでは、道は拓いていかないことに気づかされました。『失ったものを数えるのではなく、今あるものを生かす』という視点です。「これさえなければ」から「これならできる」と発想を転換して、目標や夢に向かって挑戦していく姿勢を持つことです。そうなった時、その姿勢を見て、周りの人たちも助けたいという気持ちに変わっていくでしょう。

私の場合、母がそういう思いを持ってくれていたことで、「自分もやってみよう」という気持ちになることができました。目標、夢があれば、つらくてもいつか必ず乗りこえられると思います。どんな小さな目標でも、どんな小さな夢でもいい、まずは心に描くことから始めてみませんか。できない理由を考える前にできることから始めてみませんか。すべてはそこから始まると思います。これまで、あきらめていた人でも、もう一度頑張ってみようと思った瞬間から何かが変わっていきます。

私は、ハンディを持ちながら素晴らしい生き方をしていこうと心に決めた時、人生の流れを変えることができると考えています。人間ですからあきらめかけることはいくらでもありますが、チャンスはたくさん用意されていると私は信じています。

私は「あきらめないことが人間が生きていくのにどれほど大切か」、「病気や障害があっても、素晴らしい生き方ができること」、「心を閉ざしていては何も生まれないこと」を小さな小さな経験たちの中から、また私の前を歩いてくれた人々から教えられました。それはまぎれもない真実です。それをいま苦しみの中にある人に知ってほしいのです。

あなたは「Challenged」という言葉を知っていますか? アメリカでは、障害を持つ人のことを〈神様から挑戦する使命や機会を与えられた人〉という意味でこう呼びます。障害があるから、人の痛みがわかるから、できることがあるのです。

それは、人から助けられる側にあっても人を助けることができるということであり、そこに病気や障害を持つ人の生きる価値があると考えています。それに、あなただけが病気や障害を持っているわけではありません。

今まで悩みの中にあった人も勇気を出して一歩ふみ出してみませんか。

目の前の不足をただ嘆くのではなく、小さなことに感謝できる心を忘れないで前向きに生きていく――。少しでもそういう気持ちがあれば、どんな環境や状況の中にあってもきっと素晴らしい人生が拓けてくると私は信じて疑いません。

人は、一人で生きることはできない

あなたは、今、恵まれていると思いますか。それとも恵まれていませんか。そういう私は、筋ジストロフィーという病気を抱えている現在、一人では何もできない、朝から晩まで人の手助けが必要な生活を送っています。その面だけをとれば、私は、恵まれていないのかもしれませんね。けれども私のように人の助けを受けて生きることは、人間として恥ずかしくて情けないことなのでしょうか。

私は、これまで両親、先生や友人達など、たくさんの人の力をかりて、生きてきました。そんな中で人の世話にならなければならない自分を恥ずかしい、情けないと感じたり、生きているのが嫌になったこともありました。

でも、神様の目から見れば、もし人に助けられるばかりの人であっても、それを「人や社会のために役に立つ」ことでお返ししようという気持ちがあれば、関係ない、私は今、そう思います。それに、たとえ今、健康で恵まれた幸せな人であったとしても、一人で生きている人なんてどこにもいませんよね。大切なのは、助けていただくことに素直に感謝して、その中で懸命に生きていくことなのではないでしょうか。

また、悩み、苦しみを抱えている人には、「悩むこと、苦しむことは単なるマイナスではない」ということの意味を知っていただきたいと思います。もちろん望んで悩んだり、苦しんだりする人はいないでしょう。私は、悩み、苦しみをそれだけで終わらせないことが大切だと思います。必ずそこから、気付かされること、学ぶことがあると思うのです。

振り返ってみれば、私は、障害を持っていたことで、素晴らしい人との出会いをたくさん得ることができました。そして、あたりまえの人生をあたりまえに生きているだけではわからなかったことをまわりの人から気付かされました。一人ですべてを解決する必要はないことも教えられました。一人ですべてを背負い込むことは、自分自身を追いつめることになります。

最近は、苦しみを全部、背負ってしまう人が多いような気がしませんか。児童虐待やひきこもりなど最近の社会問題を見ているといつも思うのです。「そんなに背負わなくても…」、

「どうして外に向けて発信しないのだろうか」と。心にたまった、つらいことや苦しみは、誰かに話を聞いてもらうだけでも軽くなります。自分一人では、抜け出せないときでも、誰かに助けてもらうことで立ち直るきっかけをつかむことができるかもしれません。自分を閉ざしていては、何も変わらないでしょう。勇気をもって、一歩踏みだせば、きっと何かが変わっていきます。

私は車椅子で、人工呼吸器をつけて…という身体で講演活動をさせていただいていますが、初めて講演する時には、かなり勇気が必要でした。何度も「自分には無理では」と気持ちが揺らぎましたが、もし、後ろ向きになっていたら、きっと今の私はなかったでしょう。

自分の本当の想いで何かをしようと決めた時には、その想いは人の心を必ず動かすと思います。少し勇気を出すだけで、自分を変えていけると思うのです。それでも苦しく、つらい時には、「誰か助けて！」と思いっきり叫んだらいいでしょう。

人は、一人では生きられないのだから…。

風のように生きたい、花のように生きたい

生きていることがつらくなった時、風になってみたい、あの風になってどこかへ行きたい…と思うことがあります。それって、今いる世界から逃げたいという気持ちの裏返しなのか、もっと自由になりたいという心がそう思わせるのでしょうか。私を含め、人間はすぐに小さなことにとらわれたり、わざわざ自分から苦しい生き方に飛び込んでいってしまうことがあります。そして、環境を恨み、いつしか自分自身も見えなくなっていきます。私は何度となくそれを経験しました。「どうして自分だけが…」と思い、時に怒りをぶつけたり、時に涙を流したりしてきました。自分の持つ障害ばかりを見ていた時には、思えば思うほどそれにとらわれ、心が苦しくなっていきました。そんな時には風になってどこかへ行きたいと思います。でも、それでは生命を大切にしていないということと同じになってしまいます。

最近では、ほんの少しだけ〈風のように生きるということは、逃げることではない、その身そのままあるがままを受け入れて生きることなのだ〉と思えるようになってきました。すべてを自然体で、生命を大切にして生きることだと…。

私は、きつく吹きつける風ではなくて、ゆるやかで優しく包みこむ風のように生きたい。そんな優しい風が私の頬を優しくなでる時、なんとも言えない気持ちがします。「生きている」っていいものだな、何にもとらわれないことって素晴らしいなと感じます。そこに自分が理想とする姿があるようで、魅かれるのです。

もうひとつ魅かれるのは、様々な花たちです。花たちには気負いがありません。他の花に負けないようにとか、自分以外のものとの比較の中で生きていない。ただ咲いているだけ。それなのに人を魅きつけてしまう。～だったらとか、～だからとか、だって～とか言い訳せず、与えられた生命を生きている。人間がなかなかできないことを簡単にやっている。それを見て、花のような生き方にあこがれます。

めいっぱい生命を燃やして、人の心に何かを残して潔く散っていく…そんなふうに生きたいと思いませんか。

あとがき

私が本を書くことになったきっかけの一つは一九九九年から始まった講演でした。私は進行していく病の中にあっても、両親、先生、友人たちに支えられ、前向きに生きることができたこと、ハードルを一つひとつクリアしていくことから学んだ「挫折や苦しいこと、悲しいことがあっても決してあきらめないことの大切さ」、「障害は、不便であるけれども不幸ではないこと」、「私のように人工呼吸器をつけなければ生きていられない状態であっても何かできること」などを伝えていきました。それは後に「人々、そして世の中の役に立っている」という心の底からの喜びとなって還ってきました。

もう一つは母の友人の病気でした。その方は私が大変お世話になった方で、当時、末期症状にあって手紙さえ自分で読めないという状態で、私は何とか心を慰め、励ますことができないかと考えていました。その時の「詩を書いてみたら」という母の何気ない一言で詩を書くようになりました。

講演を行ったり、いつも心にあることを詩に託すようになってから、「自分が生きた証を残したい」「人の心の癒しになるものを作りたい、それによって恩返しをしていきたい」という私の想いはより強くなり、それが多くの人の力を得て回り始め、二〇〇一年三月に一作目「マイナスからのスタート　―障害を超えてもっと遠くへ―」（文芸社）が出版されました。

一作目では正直なところ、私の歩んできた人生を知ってもらうこと、詩に込めた想いを伝えることで精一杯でした。私としては本当にいいものに仕上がったのか不安なところもありましたが、出版後、一般の方はもちろん、小、中学校や高校、看護学校などの授業で使われ、先生や生徒の皆さんからもたいへん多くの反響をいただきました。それが私に力を与え、大きな励みとなり、新たな詩やエッセイを創作しようという意欲へつながりました。そこから数多くの詩が生まれました。

今回、その詩を本という一冊の形にして、一人でも多くの人に届けたいという私の想いと、いろいろな方がタイミングよく背中を押してくださったことがうまく重なり、二作目となる本書を出版することになりました。

果たして私の詩にどれだけの方が共感していただけるのかわかりませんが、私はこれからも人間が本来大切にし、守っていくべきものが何であるのかを伝えるために、そして子どもたちが夢を持てる世の中にしていくために、一つひとつのメッセージを発信していきたいと考えています。この本からあなたに何かを感じてもらえたなら、これ以上の喜びはありません。

最後に、今回の出版を後押ししてくれた私の家族、出版へのアドバイスをいただいたこんのひとみさん（シンガーソングライター・エッセイスト）、新聞記事を書いてくださった神奈川新聞社報道局の鈴木達也さん、準備段階から関わってくださった神奈川新聞社出版局の小曽利男さん、下野綾さん（編集担当）に心から感謝いたします。

二〇〇四年四月

鈴木信夫

追記　詩文集「マイナスからのスタート」の中の詩、「ありがとう、ごめんなさい」は、こんのひとみさんの1st CDアルバム「ちいさな声　パパとあなたの影ぼうし」に収録されています。また今春リリースされるゴスペルグループJaye's Mass Choir（ジェイズ・マス・クワイア）の3rd CDアルバム「君への贈り物」にも、本書中の「お母さん」「与えられし日々〜My Given Days」が収録される予定です。こちらもぜひ聴いていただけたらと思います。

著者略歴

鈴木信夫（すずき　のぶお）

1971年１月16日生まれ。

神奈川県川崎市立王禅寺小学校、王禅寺中学校、私立和光高校を経て、和光大学経済学部卒業。

現在、ビクター・サービス・エンジニアリング株式会社情報システム部に勤務。

病気と闘いながら、講演、執筆活動を行っている。

第１回ゴールドコンサート（東京新聞・ＮＰＯ日本バリアフリー協会共催）作詞部門において最優秀作詩賞受賞。

神奈川県在住。

メールアドレス：ttn-suzu @ fd.catv.ne.jp

ＣＤ紹介
こんのひとみ「ちいさな声　パパとあなたの影ぼうし」
SonyRecords　SRCL5242　¥3,059（税込）
JAYE & JAYE'S MASS CHOIR「君への贈り物」
スリーディーシステム　DDCZ1054　¥3,000（税込）

詩集　君にいい風吹きますように
支え、支えられ－難病を超えて

2004年５月１日　初版発行
2004年６月１日　第２刷発行

著者　鈴木　信夫

発行　神奈川新聞社

〒231-8445　横浜市中区太田町２-23

電話　045(227)0850（出版局）

Printed in Japan　ISBN　4-87645-344-6　C0092